AF305636

EXTRAIT DE LA
Revue de Bretagne.

NUPTIALIA

PAR

LÉON LE BERRE

Ab Alor.

VANNES

IMPRIMERIE LAFOLYE FRÈRES

—

1902

NUPTIALIA

*Ober a reaz (Herodez) meûr a c'houlen
outhan mez Jesuz na respountaz nétra
dez han.*

(An Aviel santel hervez Lukaz 23-9.)

Sur le pont du Tyropaeon, et dominant l'Agora du Xysthus, veillait Ab Ganor appuyé sur sa longue épée gauloise. Son regard plongeait de ces hauteurs sur les places et les rues de la Cité Sainte, où grouillait un fourmillement de peuples et de bêtes de somme. Il voyait se presser les riches marchands de Tyr et de Sidon montés sur des dromadaires caparaçonnés de pourpre et bridés de cuirs fauves semés d'arabesques, les graves alexandrins, dont le manteau noir annonçait l'orgueil philosophique, la foule des juifs, des prosélytes, des judaïsants de Syrie et d'Egypte, se hâtant en des convois de chameaux, d'ânes et de chevaux vers le faubourg d'Ophel. Aux portes ils se bousculaient afin de sortir au plus vite de l'enceinte. Qui dresserait le premier ses tentes dans la vallée du Kédrôn ? Qui aurait la meilleure place ?

Cette foule chamarrée, charmait ses yeux naïfs de

Celte amateur de couleurs voyantes et bigarrées. Il se pencha sur le parapet, scrutant les mystères de cette tourbe qui ondulait sous ses yeux. Vraiment il ne regretta pas à ce moment l'heure de garde qu'il devait passer sur le Tyropaeon : des détails surtout l'amusèrent. Il vit deux Galiléens à la tête rase, foulés aux pieds d'un dromadaire. Il prêta une oreille attentive aux insultes que prodiguèrent au Syrien qui chevauchait l'animal, chargé en outre d'un lourd bagage, les deux victimes de l'accident : « Chien d'infidèle ! homme sans entrailles ! clamaient-ils en un patois mélangé de syriaque et de galiléen. Et l'étranger, peu soucieux d'en entendre davantage, hâta sa monture. Alors ce fut un redoublement d'invectives. « Que viens-tu faire ici, adorateur de la pierre noire, eunuque, androgyne ? A leurs paroles véhémentes, accoururent d'autres Galiléens. Plusieurs déjà saisissaient, qui des cailloux, qui de la fiente desséchée, lorsque le Syrien, les ayant appelés païens et vermine de Galilée en réponse au flot d'injures qui s'échappaient de leurs lèvres, ajouta d'un air méprisant : « Que peut-il d'ailleurs venir de bon de la Galilée ? des imposteurs comme ce Nazaréen ! »

Ces mots mirent au comble la fureur des assaillants. L'un d'eux tira son épée et l'enfonça dans le ventre du chameau. L'animal tomba répandant dans la poussière ses longues entrailles. Son maître, les caisses chargées de tapis, les parfums précieux destinés au temple, roulèrent côte à côte. Le Syrien ne pût retenir un blasphème. Déjà des compatriotes à lui accouraient pour le venger. Mais les Galiléens, qui n'étaient pas en nombre, se perdirent dans la foule, se réjouissant du résultat de l'accident.

Ab Ganor du haut du Tyropaeon partagea leur joie.

Comme tous les barbares d'ailleurs, il détestait encore
plus les Orientaux que les Romains. Il les méprisait
aussi pour leurs mœurs efféminées, leur amour du bien-
être, leur orgueil surtout à ces Juifs qui considéraient
les autres hommes comme des chiens. Dans ce mépris,
il enveloppait les peuples d'alentour : Syriens, Arabes,
habitants du Liban. A son dédain n'échappaient pas
non plus ces Egyptiens et ces Grecs d'Alexandrie, Grecs
à moitié Juifs, mêlant le culte de Zeus et les mystères
riants de l'Hellade avec le culte de Iaveh. Un seul
peuple, dans cette tourbe accourue de toute part, inspirait à ce fils de l'Armorique une sympathie qu'il ne
s'avouait pas.C'étaient ces Galiléens méprisés des autres
Juifs, à cause du peu de ferveur qu'ils apportaient au
culte du Dieu d'Israël. Heureux habitants des bords
du lac de Génézareth, ils étaient si peu fanatiques qu'ils
toléraient chez eux toutes les sectes et toutes les reli-
gions, pourvu qu'on les laissât en paix, adorer Iaveh.
Fils d'une race inconnue, qui s'était à la longue fusion-
née avec des Assyriens et des Juifs, ils gardaient encore
les traces d'une origine étrangère. Ce Nazaréen, qu'Ab
Ganor avait vu prêcher sur les places publiques, lui
rappelait, par le type de la physionomie, ces Celtes
blonds de Bretagne qui, dans sa petite enfance, vinrent,
lors de l'insurrection des Curiosolites, porter à leurs
frères d'Arvor le secours de leurs bras et de leurs
longues épées.

Souvent, lorsque son service ne le retenait pas auprès
du tétrarque Hérodès-Antipas, il allait par les rues du
Ptolémaïs, résidence ordinaire du prince iduméen. Parfois des rires le secouaient aux disputes des matelots
sur le port. Même il entrait avec eux dans les tavernes
fraîches pour y boire le vin de Tyr auquel se mêlent

le miel et les épices. Tous, il est vrai, ne vidaient pas
les coupes d'argile, et plusieurs détournaient la tête à
la vue de l'amphore ventrue, dont le goulot s'auréole
de roses de Jéricho. Disciples de ce Jean qui, vêtu d'une
tunique tissée en poils de chameau, baptisait dans le
Jourdain, à son exemple ils s'abstenaient de vin.

Et s'ils suivaient Ab Ganor dans les tavernes fraîches,
c'est qu'ils aimaient à l'entendre conter des souvenirs
douloureux pour leurs cœurs de disciples, et d'autant
plus chers. N'avait-il pas vu, ce Gaulois, un jour qu'il
était de garde à Machéronte, dans la salle du festin, la
tête de Jean présentée à Salomé, fille d'Hérodiade, en
un bassin d'argent ? Deux ans s'étaient écoulés depuis
ce drame sanglant, dont son esprit tranquille de Celte
calme et généreux n'avait pu comprendre la nécessité.
Quel plaisir pour un roi de trancher la tête à un
homme qu'il prétend aimer, et cela, pour plaire à une
femme sanguinaire, dont la fille vêtue en almée, danse
devant les convives, la danse d'Arabie, qui agite en un
rythme tantôt lent et voluptueux, tantôt rapide et sac-
cadé le ventre de la danseuse ? La folie du sang suit-elle
donc de si près le désir lascif qu'éveillent en une âme
royale ces bracelets qui tombent, ces chaînettes qui se
détachent des bras blancs, ces sequins qui s'envolent,
ce corps enfin de jeune femme apparaissant peu à peu
dans le tourbillon des mousselines qui le dévêtent ?

Bien que cent fois ils eussent entendu ces détails, les
Joannites aimaient à les faire répéter à leur ami barbare.
Ils l'interrogeaient avec des sons craintifs de la voix, tout
bas, épiant autour d'eux de peur qu'un émissaire d'An-
tipas ne les dénonçât à ce tyran devant qui ils trem-
blaient. Mais le despote tremblait plus encore devant
sa garde de Francs et de Gaulois. Son âme servile les

ménageait presqu'autant que les représentants de Rome
dont le procurateur n'entendait pas raillerie. Aussi
Ab Ganor, supérieur aux craintes de ses amis, confiant dans la prééminence de sa race, blâmait tout
haut des crimes comme celui de Machéronte. Il savait
que l'Iduméen comptait avec sa garde et qu'il ne son-
geait point à punir les excès de langage des Barbares,
dont les piques et les framées étayaient son trône. Peu
confiant dans les espérances de ses amis Ab Ganor se
moquait agréablement du désir qu'ils manifestaient en
toute occasion de voir enfin la Galilée donner un prophète à la nation juive, afin que les peuples ne se mo-
quassent plus d'eux disant : « Peut-il sortir un prophète
de Galilée ? »

Et comme un jour, revenant à leur thème favori,
l'un d'eux, Esdras le pilote, se consolait de la mort de
Jean, parce que Jésus de Nazareth allait maintenant
par la Judée, la Galilée et la Pérée, semant les mi-
racles, prêchant le royaume de Dieu qui est aussi celui
d'Israël, Ab Ganor, branlant la tête d'un air de doute,
l'interrompit soudain :

« Mais qu'appelez-vous donc un prophète ? »

— « Nous appelons prophète celui qui enseigne les
« voies du royaume de Dieu, prêche sa doctrine et
« annonce les destinées d'Israël. »

— « Les prophètes chantent-ils aussi sur la harpe
« les louanges d'Ior et d'Hésus, dieu des combats ?
« Voilent-ils sous de sublimes allégories les saintes
« doctrines des Druides ? »

— « Je ne connais, répartit Esdras, ni Ior, ni
« Hésus, qui sont sans doute les dieux de ta nation.
« Mais nous eûmes, parmi bien d'autres, David, notre
« roi, qui chantait sur la harpe les louanges d'Iaveh.

« Jadis Déborah mena au combat les enfants d'Israël,
« au milieu du bruit des trompettes, des kithares et
« des kinnors. »

    — « Apaissent-ils aussi les orages de l'océan ? » re-
« partit le Celte curieux. »

    — « Jésus de Nazareth, qui descend de ce David,
« joueur de harpe, apaisa les flots irrités, et Simon Bar-
« Jonah, pêcheur du lac de Génézareth, son disciple,
« me narra ce qu'il fit pour calmer une tempête en
« laquelle ils pensèrent périr : au simple geste de sa
« droite ! J'ignore également, ô étranger, ce que sont
« ces hommes que tu nommes druides, et qui voilent
« la doctrine sous d'ingénieuses fictions. Mais ce Jésus,
« je l'entends souvent conter de sublimes histoires qui
« avaient toutes un sens caché, et nous disions que
« c'était la parole de Dieu ! »

    — « C'est étrange, murmura Ab Ganor ; sur les rives
« lointaines qui m'ont vu naître, j'ai vu des femmes
« vêtues de blanches tuniques, des hommes portant des
« robes blanches ou bleues. Leur tête est ceinte d'une
« couronne de chênes. Jetant au milieu des flots la
« branche du gui ou le rameau du sélage, ils com-
« mandent aux flots, et l'orage est vaincu ! »

Depuis cette conversation l'esprit du guerrier restait
rêveur. Lorsqu'il voyait paraître, dans la foule avide
de sa parole, le blond Galiléen, Ab Ganor se pressait
aussi parmi ses auditeurs, et les paroles de Jésus évo-
quaient en son âme d'étranges souvenirs. C'était comme
un choc de paroles déjà entendues dans le lointain de
sa jeunesse, alors qu'enfant il écoutait avec les fils des
chefs rangés autour du dolmen sacré, le soir, en face
de l'océan les enseignements des druides. Le soleil,
reflet de l'immortelle beauté d'Ior, disparaissait à l'ho-

rizon de cette grande nappe d'eau, au-delà de laquelle
était le pays des âmes, et, lentement avec calme, il se
couchait dans l'abîme. Avec calme aussi, la doctrine pacifique des *Triades* descendait dans l'âme du
jeune guerrier, évoquant en son esprit la bonté d'Ior,
père des hommes et des génies qui président aux élé-
ments. Ior avait créé le monde pour qu'il fût heureux
et bon, et qu'un jour les fils des hommes atteignissent
sans peine les joies sublimes du *Gwenved*, et voici qu'Ab
Ganor trouvait les mêmes paroles dans la bouche du
Nazaréen. Lui aussi parlait de miséricorde, de paix,
de pardon, du Père céleste qui promet à tout homme
de bonne volonté le Royaume des Cieux. Aussi, lorsqu'on faisait entrevoir dans les paroles du Prophète
des espérances de résurrection pour le royaume terrestre
d'Israël, pouvait-il, mieux que personne, attester à ces
Juifs tout matériels qu'ils se trompaient. Ne savait-il
pas mieux qu'eux ce qu'étaient ce royaume et ce père
céleste. Ce n'était pas d'Iaveh, le dieu féroce et jaloux
tel qu'ils l'entendaient avec leur esprit grossier, que parlait le Nazaréen. C'était de son Dieu à lui, de ce Dieu
qui reçoit au *Gwenved* les bons guerriers et les hommes
justes, et ne les oublie pas dans le vague mélanco-
lique d'un *Schéol* !

Parfois aussi, négligeant les disputes rituelles et les
ambitions galiléennes, il fréquentait la maison d'un
pharisien de Ptolémaïs, Thadéus. Bien qu'en dehors
de sa maison, et aussi lorsqu'il paraissait à la synagogue
de la petite ville, Thadeus prit un visage austère, un
maintien raidi, des yeux agrandis par le « kohl », bien
que sa robe fût bordée de phyllactères avec des ins-
criptions saintes, bien qu'il en entourât même son front,
c'était dans son intérieur un homme d'agréable com-

merce, n'ayant rien de l'orgueil pharisaïque. Son logis
lui était d'autant plus agréable qu'il y trouvait les soins
de son épouse Bethsabée, femme de grand entende-
ment. Il se plaisait à la comparer à la femme forte des
livres saints. Le peuple pouvait le prendre pour un
jeûneur, mais dès longtemps il avait embrassé les
mœurs romaines. Si certaines viandes ne figuraient pas
sur sa table bien servie, c'est qu'il ne voulait pas
qu'un indiscret, ou un ami peu sûr, allât par la cité et
même jusqu'en Jérusalem apprendre au peuple et aux
sopherim (étudiants) que le zélote Thadeus n'observait pas
ce qu'il enseignait. Ne commentait-il pas en effet dans
un sens rigoriste la Mishna et les prophètes, lorsque,
commodément assis dans la chaire de la synagogue, il
voyait se presser tout autour les foules avides de sa parole ? Sa science était grande, ses richesses et son nom
illustres parmi ses frères ! On ne lui connaissait ni en-
nemis, ni envieux. ·

Cependant le luxe qu'il déployait était vu de tous,
mais c'était un luxe auquel on s'accoutumait : bains
chauds ou tièdes, trépidaria ou frigidaria, esclaves syriaques ou éthiopiens, aux mains chargés d'onguents,
de baumes, de pierres ponces pour amollir la peau, rien
n'était absent du riche logis de la voie Asmonéenne.

Et comme il versait aux pauvres la dîme de son re-
venu qui était considérable, qu'il ne refusait ni le blé,
ni l'huile à l'indigent, ni l'obole aux mendiants de la
synagogue, nul ne protestait lorsqu'on le voyait, sans
crainte de souillures, admettre à sa table les *gentils* romains ou barbares qui fréquentaient la cour idumé-
enne ou l'entourage du procurateur à Césarée.

Bien qu'il n'eût pas l'espoir de voir le casque d'argent du centurion orner sa tête chevelue, Ab Ganor

était de ceux-là qui franchissaient volontiers le seuil
de Thadeus. Jamais, en effet, il ne voulût s'astreindre à
lire ou à tracer, sur les tablettes de cire ou d'argile, les
caractères grecs, syriens ou latins, et ainsi il demeurait
simple mercenaire.

Si Thadeus le recevait, ce n'était donc pas l'illustra-
tion présente du Gaulois qui en était cause. non plus que
les couronnes murales ou obsidionales qu'il avait ga-
gnées au prix du sang. Le pharisien avait seulement
appris de Claudia Procla, femme de Pontius Pilatus,
chevalier romain et procurateur de Judée, que ce barbare était fils d'un chef au collier d'or. Ceux de sa nation donnaient à ces princes le nom de *Konnan*. Malgré
sa naissance illustre, la nécessité pesante l'avait ravi à
son peuple dès l'âge de quinze ans. Emmené comme
otage à la ville par un Claudius, vainqueur en Armorique d'une insurrection fomentée par un de ces druides
Vénètes, réfugiés depuis de longues années dans les
autres tribus. il avait trouvé grâce devant Claudius,
oncle de la femme même du procurateur. Comme il
était prisonnier de guerre. Claudius et la ville l'affran-
chirent quand il fût en âge de l'être.

Alors. ne pouvant retourner en Armorique, il s'attacha
à cette gens Claudia, non parce qu'elle se trouvait tout
près du trône impérial, mais par un sentiment de re-
connaissance. Plus particulièrement, il devint le client
de Claudia Procla la narbonnaise, la nièce de son vainqueur, et bien qu'il détestât l'Orient, il la suivit lorsqu'elle vint en Judée, à la suite de son époux. Vers ce
temps-là, la loi Oppia, défendant aux femmes des procu-
rateurs de les accompagner en leur gouvernement, fut
abrogée par le Sénat, et César vit dans cet acte des Pères
conscrits. qu'ils avaient observé ses volontés.

Mais Ab Ganor sentait son âme solitaire au milieu des Syriens et des Arabes qui composaient la garde de Pontius. Nul n'était digne de comprendre le cœur qui battait sous la cuirasse d'airain. Alors, il demanda à Claudia qu'elle voulût bien le laisser s'engager parmi les mercenaires barbares d'Hérodès-Antipas, et là il retrouva des compatriotes, sans être trop loin de sa protectrice.

Claudia parla pour lui à l'Iduméen. Le despote voulut qu'il remplît, autour des tables et aussi dans les celliers où abondent les vins, les fonctions d'échanson. Le pain que des esclaves fabriquent tournant autour des meules grinçantes, et que des Éthiopiens à la poitrine noire et velue pétrissent en des arches profondes avec des soupirs rauques, eût semblé meilleur au tétraque, si Ab Ganor lui eût présenté sa part en des corbeilles de jonc doré.

Le Celte préféra son indépendance à ce servage déguisé. L'épée gauloise plut au mercenaire, et il dédaigna les tuniques de byssos et de lin.

Aussi Thadeus le reçut volontiers en sa maison, et souvent le soir dans le palais du riche sanhédrite la cuirasse d'airain et les braies gauloises s'encadrèrent dans le triclinium sur les lits de pourpre entre les toges romaines des curiales et les robes brodées de phyllactères.

Une fille adoptive, dans tout l'éclat de la vingtième année, et du nom de Bérénice, charmait aussi de sa présence les salles dallées et les galeries de l'atrium. Comme Ab Ganor, Bérénice était gauloise. Sa naissance avait réjoui l'union de Bethsabée et d'un barbare des régions Carnutes. Ce Gaulois veillait jadis à la sûreté du père du tétrarque et la facilité des mœurs gali-

léennes n'avait point empêché Thadeus de couvrir de
son nom l'espèce de fornication commise par Bethsabée avec un gentil.

Le docteur de la loi ne tarda pas d'ailleurs à chérir
d'affection paternelle cette Bérénice aux longs cheveux
noirs, ondulants sur un cou d'albâtre. Son esprit orien-
tal fut frappé du contraste des yeux bleus comme l'azur
des flots avec la flottante chevelure d'ébène, et son
cœur fut ému comme celui d'un père.

Des choses cependant en elle l'étonnaient : jamais
elle ne voulut porter d'autre tunique, que d'étoffe
blanche ; d'autre ceinture qu'une lanière de buffle dont
la boucle s'agrafait en un cercle trois fois contourné.

Souvent il la plaisantait sur cette volonté qu'elle
avait de s'habiller d'autre façon que les jeunes filles
de son âge. Avec des paroles réservées, elle lui redisait
le vœu d'un père mourant, et lui, souriant, la quittait,
son cœur aimant la paix, non le trouble.

Il n'en était point de même des Pharisiens, hôtes ha-
bituels de son père : « Les femmes d'Israël, disaient-ils
« hochant la tête, n'ont point ces vêtements. A peine
« voit-on ainsi parées les filles d'Amalec et de Madian,
« filles des nations maudites, comme aussi celles-là
« qui, sous la tente, attendent l'époux d'un moment.
« Es-tu donc semblable à la compagne de l'Arabe !
« Encore dissimule-t-elle son visage au milieu des dé-
« serts, ou à celles-là qui, assises en Kédar, guettent le
« marchand ? Celui-ci trafique de l'ovet de la pourpre
« et leur donne des voiles précieux. Du moins ne voit-
« on pas leur face. Toi, tu te réjouis, d'une chevelure
« flottant au grand air ».

Bérénice avait pour ces paroles un méprisant sourire, un hochement gracieux des épaules, et les plis de

sa robe dédaigneusement, descendant les marches, flottaient !

En vain Bethsabée lui conseilla-t-elle, la suppliant avec des prières et des larmes, de couvrir son opulente chevelure du voile qui s'abaisse sur les yeux, lorsqu'on ouvre les fenêtres étroites, qui à peine donnent un jour affaibli, ou lorsqu'on est appelée au dehors sur les pavés des voies tortueuses. Conseils et prières, rien n'y fit. Tout demeura sans résultat.

Et cette ceinture de buffle, dont la jeune fille entourait sa taille, était aussi un scandale. Les signes mystérieux, dont s'ajourait l'agrafe, irritaient les prêtres et les lévites de la synagogue de Ptolémaïs, car ils étaient sadducéens et pensaient que l'âme périt avec le corps. Or l'explication des signes contredisait cette opinion.

Toutefois ils fréquentaient assidûment la demeure de Thadeus, parce qu'ils y trouvaient des mets abondants, et des esclaves chatouillant la plante des pieds avec des linges humides. Ils hochaient la tête avec des sourires lorsqu'en leur présence Thadeus laissait sa pensée errer en des limbes mal définies en des « *Schéol* » où nulle félicité que l'ennui profond n'attend les âmes des justes. Et des paroles amères leur venaient à la bouche.

Une chose aussi contrista Bethsabée. Tadeus, qui n'osait lutter directement contre l'opiniàtreté de Bérénice, faisait à son épouse des reproches attristants pour son cœur de mère. Bérénice ne faisait en effet nulle attention à ces jeunes lévites qu'enrichissent les offrandes. Souvent le service du Temple les appelle à Jérusalem et leur table abonde en holocaustes et en pains de pur froment. Elle ne considérait pas davantage les riches marchands galiléens qui achètent aux pêcheurs du lac de Génézareth ces poissons magnifiques revendus

avec des gains qui centuplent aux logis des patriciens
de Rome ou même à la table de César. Jamais Bérénice
ne sortait de cette froide réserve qui la rendait semblable en majesté à une déesse des nations, si ce n'est
lorsque sur la place de Ptolémaïs, les cris de la foule
annonçait la venue du Nazaréen, fils de Myriam et
d'Ioseph fils de Yacoub. Les prédications de Jésus
scandalisaient les deux époux, les synagogues et le
Temple.

Un moment Bethsabée pensa que sa fille s'affolait de
cet obscur fils de David, dont les pareils étaient à foison.
Nombreux, ils exerçaient les plus vils métiers. N'était-
il pas lui-même, ce prophète, fils d'un charpentier ? Eût-
il été d'ailleurs d'une noblesse moins déchue parmi ses
frères, pouvait-elle envisager un moment l'union de sa
fille avec un homme que les Galiléens, amateurs de
troubles, allaient proclamant sur les montagnes et les
places des villes comme roi d'Israël c'est-à-dire ennemi
de César et du peuple romain ?

Elle ne tarda point cependant à se rassurer, bien
qu'elle ne comprît rien dans l'émoi où elle voyait sa
fille, chaque fois qu'il était question de Jésus de Nazareth. Un jour elle lui fit l'aveu de ses craintes. Elle
l'interrogea sur le mépris dans lequel elle tenait les
jeunes hommes qui fréquentaient la maison du Pharisien. Elle l'accusa presque d'aimer ce « Rhabbi », cou-
reur de grands chemins. La jeune fille s'emporta bien
que ces paroles fussent sages : « Une fille de la terre
peut-elle aimer d'amour terrestre le fils de Dieu ? » Et
comme la mère se récriait sur cette appellation qu'elle
qualifiait de sacrilège :

« Ne vous rappelez-vous point, ô femme, répondit
« Bérénice, qu'avec quelques pains et quelques pois-

« sons il rassasia des foules ? Ne savez-vous point
« qu'une colombe descendit sur sa tête lorsque Jean le
« baptisa dans le Jourdain, qu'il fut le pied du boiteux
« et l'œil de l'aveugle ? Nos prophètes n'annoncèrent-
« ils pas les circonstances merveilleuses de sa naissance
« en Bethléem de Juda ? Des rois le visitèrent dans l'é-
« table au-dessus de laquelle s'arrêta l'étoile de Chaldée.

« Les devins des Gaules, dont mon père nous entre-
« tint souvent, n'ont-ils point dit qu'une lumière vien-
« drait de l'Orient vers le temps où Octavius fonderait
« l'Empire ? N'a-t-il point dit lui-même qu'il était la
« Lumière du Monde et le Fils de Dieu ? N'avouâtes-
« vous pas enfin que vous étiez meilleure quand vous
« l'écoutiez sur la place ou assise sur les pentes des
« montagnes. »

Les craintes de Bethsabée diminuèrent. Mais des paroles de la jeune fille suscitèrent en elle une peur nou-
velle. N'avait-elle pas entendu Jésus parlant au jeune
homme dont la villa abondait de biens et d'esclaves,
prononcer ces paroles : « Allez, vendez vos biens et
distribuez-en le prix aux pauvres et suivez-moi ! » L'a-
dolescent s'en était allé le cœur triste. Mais si ce Nazaréen, qu'une foule en délire voulut proclamer roi,
réussissait mieux dans ses entreprises que Juda le Gau-
lonite, sa fille ne voudrait-elle pas, pour lui plaire, en-
trer en une de ces retraites du Liban ou du Carmel, où
la fille de Jephté trouva jadis l'accomplissement du
vœu paternel ? Ce prophète répétait volontiers sans
qu'elle pût comprendre le sens de ses paroles : « Mon
royaume n'est pas de ce monde. » Quelque chose lui
disait que sa fille les comprenait mieux qu'elle, car
Bérénice n'avait point pour la virginité le mépris des
filles d'Israël.

Aussi, sentant combien la morgue et la suffisance des jeunes amis de son époux heurtaient la fierté native de Bérénice, Bethsabée vit-elle avec plaisir Ab Ganor, le fils des chefs au collier d'or, franchir le seuil de son logis. Peut-être devenu prosélyte le Celte serait-il pour Bérénice l'époux attendu. Qui pourrait reprocher en Judée cette alliance avec un gentil embrassant la loi de Moïse ?

De prime abord, l'œil maternel distingua entre les jeunes gens deux choses qui l'étonnèrent. La première de ces choses, elle se l'expliqua par l'affinité de leur race, partant de leurs sentiments. C'était la communauté de pensée vis-à-vis ce troublant Nazaréen. Ab Ganor l'aimait pour lui et surtout pour sa doctrine. Mais il n'aimait point le Temple, ni les Anciens, ni les Princes des prêtres. Dans un commun mépris, il enveloppait les Pharisiens et les matérialistes sadducéens. Il avait une croyance à part, croyance qui rappelait à Bethsabée la foi de son premier époux plus hésitant peut-être qu'Ab Ganor entre la religion de Iaveh et celle de sa nation. Etait-ce un partisan de Jean, l'un de ces Esséniens dont les plus rigoristes s'allaient cacher en des grottes au flanc des montagnes ? Vêtus de tuniques tissées en poil de chameaux, ils effraient les femmes et les enfants par leur maigreur et leur air d'austérité, si, cherchant leur nourriture, ils sortent le soir des cavernes qui leur servent de retraite. Plût à Iaveh qu'il n'en fût point ainsi !

Quant à la seconde de ces choses, c'était pour elle une énigme. Souvent cachée derrière un massif de lauriers-roses s'érigeant des vases étrusques, elle épiait sur la terrasse de la maison les gestes des deux jeunes gens dont les regards erraient par delà les toits sur les campagnes de Ptolémaïs et les montagnes bleues dont les cimes se perdaient aux nuages. Parfois aussi, errant à quelques pas d'eux, le soir, au milieu des tombeaux qui environnent la ville, elle s'étonnait de n'ouïr aucune parole douce comme les amants les disent.

Leur rêverie s'entrecoupait seulement de locutions brèves, dont elle ne devinait pas le sens car ils parlaient une langue inconnue. Et c'était cette langue dont se servait parfois son premier mari lorsqu'il était irrité, et qu'il ne retrouvait pas les paroles latines ou syriaques. C'était aussi la langue que Bérénice avait balbutié sur les genoux paternels et qu'elle n'oublia jamais.

Et bien que Bethsabée comprit peu de choses dans ce parler celtique, elle sentait que ce n'étaient pas là des paroles d'amour. Sur la terrasse du logis de la voie Asmonéenne, elle voyait ce Gaulois assis sur le même banc que la jeune fille, mais à l'autre bout. On eût dit qu'il eût craint de se rapprocher. Gauchement il abaissait la tête sur la garde de son épée gauloise. Si le soir ils se promenaient à travers les tombes, en dehors des murailles qui environnent la ville, Ab Ganor ne savait ni cueillir la fleur du jasmin, ni la rose. Il ne jouait pas avec l'éventail qui pendait à la ceinture de buffle. De son côté, Bérénice n'avait pas, dans ses yeux noirs, cette lueur joyeuse, mais inquiète, qui révèle aux mères que le cœur de leur fille ne leur appartient plus tout entier. Souvent elle regardait dans un sens opposé à celui sur lequel Ab Ganor fixait les yeux. A la dérobée, le guerrier jetait sur elle un regard empreint d'amour timide, qui n'ose s'exprimer, et qui semble d'avance découragé.

« Ah ! pensait Bethsabée, si ce Gaulois répétait seu-
« lement à ma fille ces paroles brûlantes qui se mur-
« murent le soir autour des fontaines où s'abreuvent
« les brebis, alors qu'une brise légère agitant les pal-

« miers, annonce la nuit, nul doute qu'elle ne le regar-
« dât avec des yeux moins sévères. »

Bethsabée prit à part Ab Ganor. Elle lui avoua, avec
son âme de mère orientale, l'honneur qu'il ferait à
Tadeus et à elle-même, s'il demandait en mariage
cette fille à la tunique blanche qui méprisait les
hommes de Galilée et de Jérusalem. Peut-être ne re-
pousserait-elle point l'hommage d'un chef de sa nation ?

Et il lui avoua qu'il aimait la jeune fille. Mais ses
lèvres se refusèrent aux ardents aveux du Cantique des
Cantiques. Ce qu'avant de franchir le seuil du Pharisien, il méditait en son esprit, s'envolait dans la crainte,
une fois qu'il se trouvait en présence de Bérénice...

Bethsabée, consciente du bonheur qui attendait sa fille
unie à Ab Ganor, désira d'aplanir ces difficultés. Elle
supplia son époux. Malgré la loi de Moïse, malgré
l'horreur qu'inspirait à la nation juive l'amour d'Hérode
pour Hérodiade, femme de son frère Philippe, Tadeus
entra dans les vues de sa femme. Il ne craignit point
de perdre sa réputation auprès de ses coreligionnaires.
Il exigea donc lui-même de Bérénice qu'elle voulût
suivre dans les galeries du palais, et aussi dans les pro-
menades des jardins royaux, cette Salomé, fille de Philippe et d'Hérodiade laquelle obtint en un bassin d'argent la tête du Baptiste...

Tadeus et Bethsabée espérèrent ainsi qu'Ab Ganor
et Bérénice, vivant ensemble tous les jours dans l'at-
mosphère brûlante et voluptueuse du palais, laisse-
raient enfin parler leurs cœurs, que rien ne subsiste-
rait des obstacles que leur propre timidité ou leur
propre froideur élevaient entre eux.

Or ce 15 nizâm de l'an 33, la cour d'Hérode s'étant
transportée à Jérusalem pour la solennité de la Pâque,

les deux jeunes gens virent pour la première fois la
somptueuse demeure des Pontifes-Rois de la race asmonéenne. Les hasards du voyage, la facilité des rela-
tions entre les serviteurs d'Hérode et les servantes des
princesses ne furent pas pour eux une tentation de s'aimer, ni de se le dire. Car bien que Bérénice témoignât
au Gaulois l'amitié qu'elle devait à l'ami de ses parents,
cela ne suffisait pas à vaincre la réserve d'Ab Ganor
en face d'elle. Et si parfois le guerrier passait non loin
de la forme gracieuse vêtue de la robe blanche cein-
turée de buffle, à peine une parole de bienvenue s'é-
chappait-elle de ses lèvres timides.

Et cependant il l'aimait. Mais il sentait ce cœur de
jeune fille si loin de lui, qu'il fuyait à sa vue, en proie
au chagrin que les Celtes n'avouent pas : chagrin d'a-
mour qu'il est peu convenable pour un chef de laisser
paraître...

Aussi, cette foule ondulant sous ses yeux parmi la
poussière et l'aveuglant soleil, ces cris d'hommes et
d'animaux, ce bruit de chars, ces clameurs des marchands, tout cela était-il pour lui une distraction à sa
douleur intime ! Il s'était réjoui de l'incident du Syrien
et de sa monture. Dans son cœur il avait béni ces Galiléens coutumiers de séditions, et sa pensée se reporta
avec regret vers cette contrée heureuse qu'ils habi-
taient, vers les terrasses où le soir près de la bien-aimée,
on contemple la ville, vers les tombeaux qui s'abritent
sous le feuillage sombre des oliviers.

Maintenant, il avait repris sur le pont du Xystus sa
promenade cadencée de factionnaire vigilant. Plus
rien ne subsistait pour lui de cette tourbe s'agitant sur
la place. Son esprit souhaitait et craignait en même
temps de revoir la blanche suivante de Salomé. Il dési-

rait et redoutait qu'un hasard les mît en présence. Son
cœur battait fébrilement sous la cuirasse d'airain et on
eût dit que ses battements étaient scandés par les talons
de fer de ses galoches martelant tour à tour le pavé de
marbre.

Soudain, son regard retomba sur le Xystus, et il vit
une foule de Sanhédrites et de prêtres entourant
quelques légionnaires romains venus de Césarée avec
le procurateur pour les fêtes pascales. Ces soldats me-
naient un homme les mains liées. Le cortège se dirigeait
vers la demeure d'Hérode. L'homme lié, il le reconnut
vite : le blond Galiléen dont l'esprit de Bérénice était
frappé et qui lui rappelait à lui ces Celtes de Bretagne
qui vinrent jadis défendre leurs frères d'Armoriques.

Il demeura sur place. « Pourquoi arrêtait-on cet
homme? Qu'avait donc fait ce Rhabbi pour qui, le sab-
bat précédent, un peuple en délire étendait ses man-
teaux sur les routes poudreuses, pour qui les jeunes
pousses d'oliviers avaient dû renoncer à l'espoir d'a-
briter sous le feuillage les huileuses olives ? Garrotté
comme un malfaiteur, renvoyé sans doute de l'Antonia
à la justice d'Hérode (ces légionnaires de la Fulmi-
nante en témoignaient) quel crime avait-il commis ?
Pourquoi les portes du palais livraient-elles passage au
tétrarque ? Pourquoi se rendait-il en hâte au-devant
des Sanhédrites, lui si peu coutumier de gracieusetés à
l'égard de ceux qui chaque jour maudissaient son adul-
tère ? Pourquoi ceux-là, eux-mêmes sans crainte de
souillure, dépassaient-ils les vantaux de bronze ?

Et maintenant Ab Ganor trouva trop longue son
heure de garde. Il lui tardait d'être relevé. D'impa-
tience, la pointe du glaive sur laquelle il s'appuyait
tout à l'heure rythma avec le bruit des galoches sur le

pavé de marbre, en chocs répétés, enfiévrés. Enfin la
framée d'un Germain heurta les degrés de porphyre qui
conduisaient à la terrasse. Une francisque brilla au
soleil. Ab Ganor descendit.

Un spectacle navrant s'offrit à sa vue lorsqu'au bas
des marches il rengaina son glaive. Dans le vaste atrium,
près de la fontaine jaillissante au milieu, en sa vasque
de marbre d'où émergeaient Poseïdôn et les Tritons (Hérode, se souciait peu d'être rigoriste en ces matières re-
ligieuses) se tenait Jésus en plein soleil. A l'ombre du
parasol, entouré de ses eunuques et de sa garde barbare, sur sa cathèdre adossée à un pilier du cloître,
Hérode était assis. Le tétrarque seul parlait. Dans le
profond silence, Ab Ganor comprit qu'il s'adressait à
Jésus. Mais celui-ci ne répondait pas. Et cependant la
sympathie du tyran était évidente. On voyait à ses
regards, au ton qu'il affectait, qu'il eût été heureux de
faire pièce aux Sanhédrites en renvoyant indemne le
Nazaréen. Mais convenait-il au fils de David de ré-
pondre au bourreau de Jean, à l'usurpateur des droits
de sa race, dans ce palais même des Asmonéens, les
derniers rois d'Israël qui eussent peut-être une appa-
rence de légitimité ?

Alors Hérode, soupçonnant une des causes de ce silence, la plus menaçante pour ses droits, ordonna qu'on
apportât une robe blanche et qu'on en revêtit ce fils du
Roi prophète ; n'était-ce pas la robe des candidats aux
emplois de Rome ? N'était-ce pas aussi la robe des rois
orientaux ? Lui-même ne s'était-il pas proclamé Roi des
Juifs ? Les pharisiens et les docteurs ignoraient-ils sa
généalogie ? Qu'on lui mette donc la robe royale ! Mais ce
que le renard et les vipères savaient aussi, c'est que ce
vêtement blanc était celui de ceux qui s'en vont par les

places des villes et les routes de la campagne, hurlant
et gesticulant, et dont l'esprit n'habite plus l'enveloppe
charnelle. Allons ! pontifes austères et vous, hypocrites,
qui haïssez l'Iduméen et l'amant d'Hérodiade, vous qui
tous les jours l'excommuniez du seuil de votre temple,
de la galerie de vos synagogues par la voix du lévite,
fâchez-vous, irritez-vous, poussant de grands cris ! Ana-
thématisez celui qui traîne dans la boue le descendant
légitime de vos rois ! N'est-ce pas vous qui l'avez voulu?

Ainsi pensa le tétrarque, plein d'allégresse, sentant
sur lui les regards furieux des princes des prêtres et des
docteurs de la loi. Nul d'entre eux n'ouvrit la bouche ;
Hérode eût un geste royal ; son audience était finie :
Jésus ne s'irrita pas, ne proféra pas une parole ; il se re-
mit en marche au milieu des satellites et se dirigea vers
la porte de bronze. Il s'approchait du seuil, lorsque soudain son regard où perlait une larme rencontra l'œil
bleu et loyal d'Ab Ganor. Le Celte, debout près de Bérénice, au milieu des suivantes des princesses, le considérait avec une pitié profonde. L'œil du Maître lut dans
ce regard la pensée intime du Gaulois, pensée distraite
un moment de son constant objet par la vue des souf-
frances du condamné. Jésus vit pourquoi le guerrier
était là, plutôt qu'ailleurs, au milieu de ces compagnons
barbares et lui aussi eut pitié.

Comme on n'avait point lié les mains de Jésus depuis
qu'on lui avait passé la robe blanche, il eut un geste
d'autorité qui immobilisa le cortège. Hypnotisés, soldats et pharisiens s'arrêtèrent. Alors Jésus, écartant
les suivantes d'Hérodiade et de Salomé, s'avança vers
Ab Ganor et Bérénice qui pleurait. Or, étendant au-
dessus d'eux ces mains qui allaient être attachées au
gibet d'infamie et de gloire : « Enfants des plages loin-

taines d'Occident, dit-il d'une voix forte, allez et ne soyez plus qu'un dans une même chair. »

Et, comme si Bérénice n'eut attendu que cet ordre, ses compagnes étonnées lui virent mettre la main dans la main d'Ab Ganor, tandis qu'un pâle sourire éclairait son visage baigné de pleurs. Mais Ab Ganor ne vit point ce sourire ni ces pleurs. Il ne vit que les plis de la robe blanche, la robe des rois orientaux et des druides des Gaules flottant en harmonieuses draperies.... au grand soleil, dans la lumière et dans l'amour....

Vannes. — Imprimerie LAFOLYE frères.

9 782329 430843